2/15

Crispín

y el **mejor cumpleaños de su** *vida*

Para Eric Wuesthoff
y los cumpleaños que celebrará

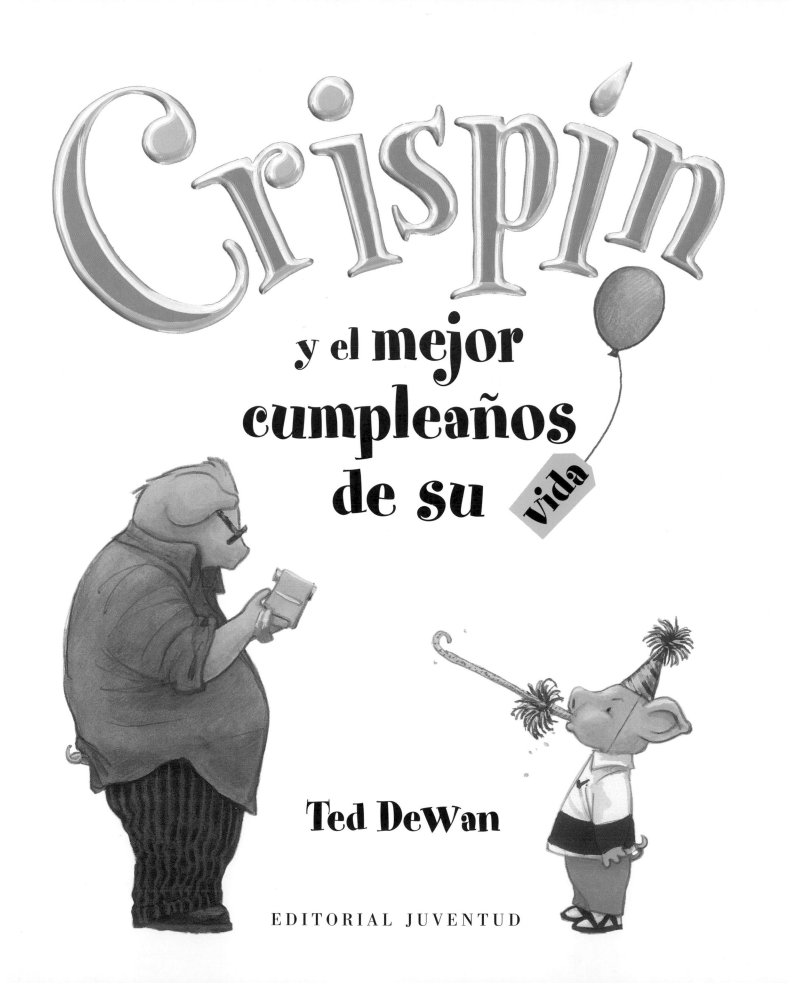

Crispín

y el mejor cumpleaños de su vida

Ted DeWan

EDITORIAL JUVENTUD

Crispín Jabugo era un cerdito
que celebraba sus cumpleaños...

de forma muy especial.

Una vez, celebró
su cumpleaños
en la hamburguesería
Burger Ratón SuperGuay.

Pensó que sería el mejor
CUMPLEAÑOS
DE SU VIDA.

Pero
hacía mucho calor
y había mucho ruido,
Crispín tenía hambre
y gruñía esperando su
comida, mientras unos
Ratones SuperGuays
gigantes no paraban
de ir de un lado a otro
diciendo: «Chócala»,
y los más pequeños
se asustaban y lloraban.

El señor Jabugo
lo grabó todo
en vídeo.

El año siguiente, Crispín celebró su cumpleaños en el **Pizza Espacial Ratón SuperGuay.**

Imaginó que sería
EL MEJOR CUMPLEAÑOS DE SU VIDA.

Pero
hacía mucho calor
y había mucho ruido,
Crispín tenía hambre
y gruñía esperando su
comida, mientras unos
Ratones SuperGuays
gigantes no paraban
de ir de un lado a otro
diciendo: «Chócala»,
y los más pequeños
se asustaban y lloraban.

El señor Jabugo
lo grabó todo
en vídeo.

Y pasó otro año y, de nuevo, se acercaba el día del cumpleaños de Crispín.

–Crispín –dijo la señora Jabugo–, he encontrado el lugar perfecto para celebrar tu cumpleaños. ¿Sabes aquel sitio que anuncian por la tele, el Megacentro del Cumpleaños Sorpresa Ratón SuperGuay? ¿A que sería fantástico?

–¿Tú crees? –dijo Crispín.

–¡Pues claro! Invitaremos a todos tus amigos –dijo la señora Jabugo–. ¡Será la más superespecial fiesta de cumpleaños sorpresa de tu vida!

–¿Seguro? –preguntó Crispín.

Ven con
CRISPÍN

A la mejor y
Superespecial fiesta
de Cumpleaños
sorpresa

Al

MEGA-
CENTRO
RATÓN
SUPER
GUAY

N-32
salida 5 AUTOPISTA

www.ratonsuperguay.com/sorpr/invit/cjabugo.htm

–Lo probaremos
–gruñó el señor
Jabugo.

Así pués, el día del cumpleaños de Crispín, la familia Jabugo subió al coche para ir al Megacentro del Cumpleaños Sorpresa Ratón SuperGuay donde se reunirían con los amigos de Crispín. Todos estaban contentos y excitados,

hasta que...

quedaron atrapados en

EL PEOR ATASCO
QUE JAMÁS HABÍAN VISTO.

Crispín y los trillizos empezaron a lloriquear.

–¡Tengo hambre! ¿Cuándo llegaremos?

Quedaron atrapados en el atasco durante horas.

Los lechoncitos lloraban hambrientos.

—Mis pobres cerditos —decía la señora Jabugo—.

Creo que todos nos sentiríamos mejor si comiéramos algo.

Salieron de la autopista y se dirigieron a un bar destartalado.

—¡Éste es el cumpleaños más horrible de *toda mi vida*!

—dijo Crispín sollozando. Y no quiso entrar.

Pero los Jabugo no eran los únicos atrapados en el atasco...

¡Todos los amigos
de Crispín estaban
allí, también!

¡Qué sorpresa!
—¿Dónde está Crispín?
—preguntaron.
—¿Dónde está el niño
del cumpleaños?

–El pobre, estaba muy
ilusionado con
su superespecial fiesta
de cumpleaños
–dijo la señora Jabugo.

–Pobre chaval
–dijo uno de los
camioneros.

–Tráigalo
–dijo la camarera–.
Tengo una idea.

Entonces, el señor Jabugo regresó al coche en busca de Crispín.

–Vamos, Crispín, no puedes quedarte aquí sentado
todo el día –dijo el señor Jabugo.

–Sí que puedo –gimoteó Crispín.

–Te llevo a cuestas, ¿vale? –dijo el señor Jabugo.

–No –dijo Crispín, negando con la cabeza.

El señor Jabugo se rascó el cogote.

–Mmmm, me parece que ya eres bastante mayor.

¿Entrarás si te dejo sostener mi cámara de vídeo?

–¿Y me llevarás a cuestas? –preguntó Crispín.

–Está bien, y te llevaré a cuestas –repuso el señor Jabugo.

Papá le dejó sostener la cámara de vídeo.

Y después de que Crispín le prometiese que tendría mucho cuidado.

Sacó a Crispín del coche y lo subió a cuestas.

Crispín se sujetó fuertemente mientras papá entraba de nuevo en el bar.

Abrieron la puerta, echaron un vistazo en el interior y...

¡Sorpresa!

Todos sus amigos estaban allí con mamá
y los trillizos, y también había una enorme montaña
de rosquillas con un montón de velas de cumpleaños
encima, y todo el mundo cantaba:

—CUMPLEAÑOS FELIZ, TE DESEAMOS, CRISPÍN,
CUMPLEAÑOS FELIZ!

y soplaban
los envoltorios
de papel
de las pajitas,
que volaban
por el aire...

... y todos los camioneros grandullones le decían: «Chócala» a Crispín.

Y, por extraño que parezca, así fue como...

Crispín, por fin,
tuvo de verdad
la mejor y superespecial fiesta
de cumpleaños sorpresa
de su vida.

Y además la grabó
toda en vídeo.